日本の詩

いきる

遠藤豊吉 編・著

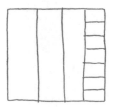

小峰書店

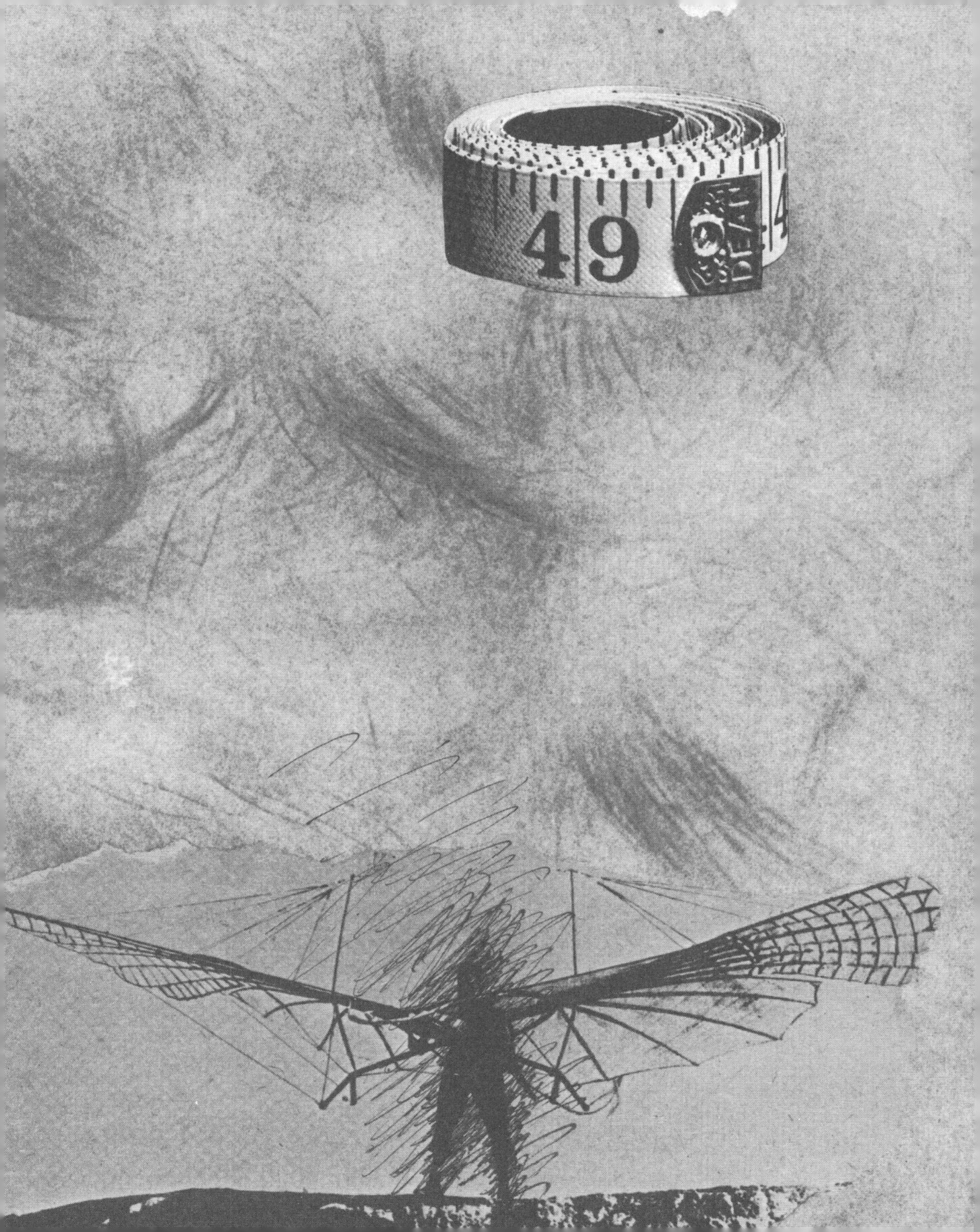
49

いまは若者《わかもの》にとって非常に生きにくい時代だ、という。だが、考えてみると、若者が生きやすい時代などというのは、これまで一度だってなかった。

現実《げんじつ》というものは、いつの時代も若者にとって壁《かべ》の役割《やくわり》をはたし、無限《むげん》のひろがりを求めて羽ばたこうとするユメをうちくだくものだ。だから、若者は、たたかって傷《きず》つく。

だが、もう一度考えてみよう。壁がなければ、それでしあわせか。四方八方、自分をとりまく壁との数多くのたたかいのなかから、自分のすすむべき一本の道を選択《せんたく》する過程《かてい》を、わたしたちは、生きがいというのではないか。

遠藤豊吉

日本の詩＝3

いきる

装幀・画＝早川良雄

花の店

かなしみの夜の　とある街角《まちかど》をほのかに染《そ》めて
花屋には花がいっぱい　賑《にぎ》やかな言葉のや《(よ)》うに

いいことだ　憂《うれ》ひ《(い)》つつ花をもとめるのは
その花を頬《ほほ》ゑ《(え)》みつつ人にあたへ《(え)》るのはなほ《(お)》いい

けれどそれにもまして　あたふ《(う)》べき花を探《さが》さず
多くの心を捨てて花を見てゐ《(い)》るのは最もよい

花屋では私の言葉もとりどりだ　賑《にぎ》やかな花のやうに

夜の街角を曲るとふたたび私の心はひとつだ
かなしみのなかで何でも見える心だけが。

*

安西　均（あんざい　ひとし）一九一九〜一九九四
「花の店」より。詩集「美男」「葉の桜」「夜の驟雨」他

〔編者の言葉〕　ブルガリアの首都ソフィアには、自由公園《じゆうこうえん》とよばれる、平和のシンボルとして市民に親しまれている公園がある。そこを訪《おとず》れた時のことだ。
花壇《かだん》にはいろんな種類のバラが植えこまれ、それと美を競《きそ》うようにサルビアの花が咲《さ》いていた。花のかげに子どもたちの声が聞こえ、保母らしい女性が二人、ベンチで本を読んでいた。子どもたちは明るい声をあげてかけまわっていたが、彼女たちは警戒《けいかい》と管理《かんり》の目をむけたり、禁止《きんし》、束縛《そくばく》を意味することばをほとんど発しなかった。花を生活の一部（というより生活そのもの）にしている市民のさわやかさ、やさしさが子どもたちの中に感じられる光景だった。

歌

おまえは歌うな
おまえは赤ままの花やとんぼの羽根を歌うな
風のささやきや女の髪《かみ》の毛の匂いを歌うな
すべてのひよわなもの
すべてのうそうそとしたもの
すべてのものうげなものを撥《はじ》き去れ
すべての風情《ふぜい》を擯斥《ひんせき》せよ
もっぱら正直のところを
腹の足しになるところを
胸《むな》さきを突きあげてくるぎりぎりのところを

歌え

たたかれることによって弾《は》ねかえる歌を
恥辱《ちじょく》の底から勇気を汲《く》みくる歌を
それらの歌々を
咽喉《のど》をふくらまして厳しい韻律《いんりつ》に歌いあげよ
それらの歌々を
行く行く人々の胸廓《きょうかく》にたたきこめ

中野　重治（なかの　しげはる）一九〇二～一九七九
「中野重治詩集」より。著書「中野重治全集」他

＊

〔編者の言葉〕　日中戦争のはじめころ「露営《ろえい》の歌」
というのがはやった。
　勝ってくるぞと勇《いさ》ましく／誓《ちか》って国を出たから
は／手柄《てがら》たてずに死なれよか／進軍《しんぐん》ラッパ聞く
たびに／瞼《まぶた》に浮かぶ旗の波

歌詞《かし》の勇壮《ゆうそう》さにくらべ、曲は短調のもの悲しいメロディだった。この歌の歌詞は、国のなにかの機関《きかん》が〝戦意《せんい》高揚《こうよう》〟をはかる目的で国民から公募《こうぼ》し、第二位に入選したものだった。少年時代のわたしは、哀調《あいちょう》をおびたこの歌をうたって、たくさんの出征兵《しゅっせいへい》士《し》を送った。戦争は多くの予想《よそう》に反して長びき、やがて太平洋にまでそれはひろがった。この歌はその間ずっと歌いつがれ、やがてわたしもその歌におくられて出征したのだった。

特別攻撃隊員《とくべつこうげきたいいん》になったときも、わたしの身のまわりでさかんにうたわれていたが、もう哀調のうえに絶望感《ぜつぼうかん》めいた暗い感情がかさなっていた。

このメロディのなかで、おれは死んでいくのだな、とわたしは思った。「天皇のため」とか「神州不滅《しんしゅうふめつ》を信じて」とか、死をささえる論理《ろんり》がおもてむきのものとしてあったが、そんな美しい論理はこのメロディのなかでの死をはっきりと実感《じっかん》しているわたしには、信じられなくなっていたのだった。

生きる

生きているということ
いま生きているということ
それはのどがかわくということ
木《こ》もれ陽《び》がまぶしいということ
ふっと或《あ》るメロディを思いだすということ
くしゃみすること
あなたと手をつなぐこと

生きているということ
いま生きているということ

それはミニスカート
それはプラネタリウム
それはヨハン・シュトラウス
それはピカソ
それはアルプス
すべての美しいものに出会うということ
そして
かくされた悪を注意深くこばむこと

生きているということ
いま生きているということ
泣けるということ
笑えるということ
怒《いか》れるということ

自由ということ

生きているということ
いま生きているということ
いま遠くで犬が吠《ほ》えるということ
いま地球が廻《まわ》っているということ
いまどこかで産声《うぶごえ》があがるということ
いまどこかで兵士が傷つくということ
いまぶらんこがゆれているということ
いまいまが過ぎてゆくこと

生きているということ
いま生きているということ
鳥ははばたくということ

海はとどろくということ
かたつむりははうということ
人は愛するということ
あなたの手のぬくみ
いのちということ

谷川　俊太郎（たにかわ　しゅんたろう）一九三一～
「うつむく青年」より。詩集「谷川俊太郎詩集」「定義」他

＊

〔編者の言葉〕「遠藤さん、またお会いできて、たいへんうれしい。」

防寒《ぼうかん》コートにつつんだ大きな体を近づけてきて、ミルチンはそう言った。

※ソビエト連邦《れんぽう》ウクライナ共和国の首都《しゅと》キエフ。ミルチンはそこのインツーリスト（国営旅行社）に勤《きん》務《む》する日本語通訳《つうやく》で、四年ぶりの再会だった。

「キエフの美しさが忘れられなくて、またやってき

ました。お会いできて、わたしもうれしい。」

そう言うと、ミルチンは「ありがとう」と言ってわたしの肩《かた》をだいた。

四年前、わたしはキエフで年の暮れの三日間をすごし、そして、おなじこのドニエプルホテルのロビーで、再会《さいかい》を約束《やくそく》して別れたのだったが、四年ぶりで見るかれは、やはり「年をとったな」という感じだった。

しかし、かれはこの前のときとおなじように、三日間元気にふるまって、わたしたち十八名の旅行団をもてなしてくれた。

四日目。わたしたちは、午後アエロフロート（ソビエト国営航空）のジェット機でヤルタにたった。

飛行機にむかうまえ、ホテルのロビーで「来年の冬、きっとまたキエフにくるよ」と言ったら、ミルチンは「うん、ぜひ来てほしい。遠藤さんが来るかぎり、わたしは生きている」と答え、大きな手でわたしの手をにぎった。暖かい手だった。

※ソビエト連邦ウクライナ共和国は、現在ウクライナ。

遠景

草原の上に腰を下して
幼い少女が
髪《かみ》の毛を風になびかせながら
むしんに絵を描《か》いてゐ《(い)》た。
私はそっと近よって
のぞいて見たが
やたらに青いものをぬりつけてゐるばかりで
何をかいてゐるのか皆目《かいもく》わからなかった。
そこで私はたづ《(ず)》ねて見た。
——どこを描《か》いてゐるの？

少女はにっこりと微笑して答へ《え》てくれた。
――ずっと向うの山と空よ。
だがやっぱり
私にはとてもわからない
ただやたらに青いばかりの絵であった。

木山　捷平（きやま　しょうへい）一九〇四～一九六八
「木山捷平詩集」より。著書「木山捷平全集」他

＊

〈編者の言葉〉　夏休みも終わりに近づいたある日の午後、小さい子どもたちと多摩川《たまがわ》へ行ったことがあった。わずかに秋風のにおいがただよっていた。

子どもたちは、びっしりと茂《しげ》った雑草《ざっそう》の上をころげまわり、あるいは体をぶつけて遊んでいた。

いつか夕方が近づき、西の空に茜《あかね》がさしはじめていた。はじめは雲のふちのへんをちょっと染《そ》めていた茜色《あかねいろ》が、見るまに雲の全面にひろがり、大きな夕

焼けとなった。

「あっ、夕焼け！」子どもの一人が気づき、大きなさけび声をあげた。「ほんとだ、ほんとだ」「あんなにまっかな夕焼け」子どもたちは遊びをやめ、ひろい川原のはてにひろがる夕焼けに見いっていた。

と、一人の子が「あの夕焼け、ほしい！」とさけんだかと思うと、両手を大きくひろげて、西の空めがけて駆《か》けだした。わたしは、その子が空を飛んだと思った。ほんとにそう見えたのだった。

「夕焼け、きれい」「夕焼け、きれい」他の子どもたちもいっせいに歓声《かんせい》をあげて駆《か》けだした。かなたにかかっている鉄橋の上を、ポーッと汽笛《きてき》を鳴らして電車がとおった。うしろからではわからなかったが、子どもたちの目は、おそらく夕焼けをうつして美しく輝いているだろう、とわたしは思った。

「夕焼けにむかって空を飛んでみよ。そしてそれぞれの手に夕焼けのかけらをつかんでもどってこい」

わたしは心のなかでそうさけんでいた。

私の前にある鍋《なべ》とお釜《かま》と燃える火と

それはながい間
私たち女のまえに
いつも置かれてあったもの、

自分の力にかなう
ほどよい大きさの鍋《なべ》や
お米がぷつぷつとふくらんで
光り出すに都合のいい釜《かま》や
劫初《ごうしょ》からうけつがれた火のほてりの前には
母や、祖母や、またその母たちがいつも居《い》た。

その人たちは
どれほどの愛や誠実の分量を
これらの器物にそそぎ入れたことだろう、
ある時はそれが赤いにんじんだったり
くろい昆布《こんぶ》だったり
たたきつぶされた魚だったり

台所では
いつも正確に朝昼晩への用意がなされ
用意のまえにはいつも幾たりかの
あたたかい膝《ひざ》や手が並んでいた。

ああその並ぶべきいくたりかの人がなくて

どうして女がいそいそと炊事《すいじ》など
繰り返せたろう?
それはたゆみないいつくしみ
無意識なまでに日常化した奉仕の姿。

炊事《すいじ》が奇《く》しくも分けられた
女の役目であったのは
不幸なこととは思われない、
そのために知識や、世間での地位が
たちおくれたとしても
おそくはない
私たちの前にあるものは
鍋とお釜と、燃える火と

それらなつかしい器物の前で
お芋や、肉を料理するように
深い思いをこめて
政治や経済や文学も勉強しよう、

それはおごりや栄達《えいたつ》のためでなく
全部が
人間のために供せられるように
全部が愛情の対象であって励《はげ》むように。

石垣りん（いしがき　りん）一九二〇〜二〇〇四
「私の前にある鍋とお釜と燃える火と」より。『表札など』他

＊

〈編者の言葉〉　食器のプラスチック化がたいへんな勢《いきお》いですすんでいる。いかにも陶器《とうき》や木製に似《に》せたプラスチック製食器。ほんものらしく精巧《せいこう》に作られ

ていればいるほど、わたしはそれに精神的な貧しさを感じる。値段が安く、こわれにくいという合理性から重宝視《ちょうほうし》されているようだが、わたしはその合理主義に反発を感じるのだ。この食器を「愛用」している食堂の乱暴《らんぼう》さ、ぞんざいさは目にあまる。

　学校給食に使う食器もひどいものになってしまった。盛りつけ、あと片づけに便利ということで、型ぬきしたひらべったいプラスチック皿《ざら》になっているのだが、これなどは精神的《せいしんてき》な貧しさの象徴《しょうちょう》のようなものだ。皿に四か所、あなぼこのようなものが作られており、そこにパンやコロッケや、煮物《にもの》、つけ物など、なんでもいれる。そんな形になっているわけだから、煮物の汁《しる》がおいしいからといって、皿を傾《かたむ》けて、その汁を飲むわけにはいかない。皿を傾ければ、四ヵ所の残りものが全部口のなかにはいってきてしまうからである。だから子どもたちは、イヌのように皿に顔を近づけ、舌でペロペロと汁をなめるのだ。俗にこれを「イヌ食い」という。

「イヌ食い」の姿勢《しせい》からは高貴《こうき》な精神は生まれない。

小さな娘が思ったこと

小さな娘が思ったこと
ひとの奥さんの肩はなぜあんなに匂《にお》うのだろう
木犀《もくせい》みたいに
くちなしみたいに
ひとの奥さんの肩にかかる
あの淡《あわ》い靄《もや》のようなものは
なんだろう？
小さな娘は自分もそれを欲《ほ》しいと思った
どんなきれいな娘にもない
とても素《す》敵《てき》な或《あ》るなにか……

小さな娘がおとなになって
妻になって母になって
ある日不意《ふい》に気づいてしまう
ひとの奥さんの肩にふりつもる
あのやさしいものは
日々
ひとを愛してゆくための
　ただの疲労《ひろう》であったと

茨木　のり子（いばらぎ　のりこ）一九二六〜二〇〇六
「見えない配達夫」より。詩集「自分の感受性くらい」他

＊

〔編者の言葉〕　ある時、小学校四年生に「いま、お母さんに望むこと」を聞いてみた。いろんな要求《ようきゅう》が

出てきたが、そのなかに「お母さんが作ってくれたコロッケが食べたい。天ぷらも食べたい」というのがあった。食べ物だけではない。「お母さんの作ってくれたワンピースを着てみたい」という要求もあって、わたしは便利さのなかでいつしらず心のなかに寂しさを蓄積《ちくせき》していく子どもの胸のうちを思い、あわれになった。

　生活が便利になったというのか何というのか、いまは日常の暮らしのほとんどが、いわゆる出来合いのもので間にあうようになっている。肉屋さんでは生肉のほか、メンチカツ、コロッケからサラダまでそろっていて、夕食のおそうざいはあらかたそろってしまう。しかし、そうした機械じかけで作ったものより、お母さんの味のほうが人間的なのだ、ということを子どもたちはひそかに知っているのではないか。子どもは手作りの味をとおして母の心を食べ、手作りの衣服に母の心を感じ、その母の心を着て育っていくものなのだ、としみじみ感じたのだ。

ウソ

ウソという鳥がいます
ウソではありません
ホントです
ホントという鳥はいませんが

ウソをつくと
エンマさまに舌を抜かれる
なんてウソ
まっかなウソ

ウソをつかない人はいない
というのはホントであり
ホントだ
というのはえてしてウソであり

冗談《じょうだん》のようなホントがあり
涙ながらのウソがあって
なにがホントで
どれがウソやら

そこで私はいつも
水をすくう形に両手のひらを重ね
そっと息を吹きかけるのです
このあたたかさだけは

ウソではない　と
自分でうなずくために

川　崎　洋（かわさき　ひろし）一九三〇〜二〇〇四
「象」より。詩集「はくちょう」「川崎洋詩集」「祝婚歌」他

＊

〔編者の言葉〕字《あざ》ごとにそれぞれ家の数だけの提灯《ちょうちん》をともした太鼓台《たいこだい》が、小太鼓《こだいこ》、大太鼓《おおだいこ》、笛《ふえ》、鐘《かね》の音をひびかせて町内を練《ね》り歩く。冷え冷えとした秋の夜空を提灯の赤い灯が美しく染《そ》め、人びとを興奮《こうふん》にさそう。わたしの故郷《こきょう》二本松《にほんまつ》の秋祭りである。

祭りになると、屋台や見世物小屋が町のそちこちにたった。どろろ、どろろ、どろろとあやしげな太鼓をたたき、子どもの好奇心《こうきしん》をさそうろくろっ首の見世物小屋もそのなかにはあった。汗ばんだ手のひらに十銭《せん》玉をぎっしりにぎり、わたしもよくそんな小屋の前に立ったものだった。客よせの男が、ときおり「あいよっ」とかけ声をかけてさっと仕切りの幕《まく》をあげ、

小屋のなかでろくろっ首が演《えん》じている演技《えんぎ》のさわりの部分を見せてくれる。その瞬間《しゅんかん》を、子どもたちは小屋の外で何時間も立って待っているのだった。

「悪いことをすると、サーカスや見世物小屋に売られて、あんな悲しい目にあうことになるんだぞ。」

などとおじが言うと「ウソだ、ウソだ」と言いながら、しかし心の底で、ひょっとするとそれはほんとかもしれないというおびえがわき、こわごわおじの顔を見つめる。するとおじは、こちらのおびえが意外とはげしいことにおどろき「いや、ウソだ、ウソだ。おどかしてごめんな」と言って、しきりになだめにかかるのである。しかし、なだめられればなだめられるほど、わが身のろくろっ首への変身は現実味をおびてき、夜は夢にうなされるのだった。

三日間つづく祭りは、学校も休みになって、たのしい日々にはちがいなかったが、あやしげなものへの恐怖《きょうふ》が一条、黒い水脈《みお》のようにとおっていて、子ども心には複雑《ふくざつ》でふしぎな日々でもあった。

二人の山師

山師の腰に刃物がある

おれの山の木を盗《ぬす》んだな
盗まぬ
それはなんだ
薪《まき》にする木だ
どこで切った
山でだ
どこの山でだ
ずっと奥だ
誰《だれ》の山だ
誰のか知らぬ

立札が立っていたろう
憶《おぼ》えていない
空とぼける気か
白い杭《くい》は立っていたが読めなかったのだ
誰の山か知らずに薪の木を切れるのか
いいあんばいに枯れかかった木があったのだ
この薪は赤松だろう
たしかにそうだ
赤松はおれの山だ
赤松はほかにもある
この道はおれの山から降りる道だ
そうかも知れん
隠《かく》れていたらこの奥からおまえは出て来た
だからおれにどうしろとおまえはいうのだ

薪を返せ
それだけじゃ証拠《しょうこ》にならぬ
切株を調べにいこう
おれは嫌《いや》だ
なぜ嫌だ
切った株はもうないからだ
なぜないのだ
土をかぶせて隠したのだ

城　侑（じょう　すすむ）一九三二〜
「畸型論」より。詩集「日比谷の森」「泥棒」他

＊

〔編者の言葉〕　継母《けいぼ》が二度目の脳出血《のうしゅっけつ》でたおれ、ふたたび意識《いしき》をとりもどすことなく息をひきとったのは一九五〇年八月十七日の夕刻《ゆうこく》だった。四十三歳《さい》。
　死を聞いて、近所の人びとが集まってきて、口ぐ

ちにおくやみを言ったが、その人びとのなかで、継《けい》母《ぼ》のなきがらの一番近くにすわり、とりわけ大きな声で泣いていたのが魚屋のおかみさんだった。ああ、この人が継母にいちばん親愛感《しんあいかん》をもってくれていたんだな、と思いわたしは胸をつまらせた。

だが、どうも様子《ようす》がちがう。泣き声のあいまに、「ああ、これで魚の貸《か》しがもどってこない」とうめくように言ったのである。借金《しゃっきん》のとりたてができなくなったことを嘆《なげ》き悲しんでいたのだった。

「借金があれば返すから」と言ってその場は引きとってもらったが、二、三日して、彼女はつけを持ってやってきた。見ると、食べたおぼえもない魚がいくつも書きつけられていた。文字の読み書きが不自由な継母の無知《むち》につけこんだいいかげんな覚《おぼ》え書《がき》であることはすぐわかった。しかし、供養《くよう》と思い、わたしは言いなりのお金をはらってやった。金を受けとると、彼女は安堵《あんど》と喜びを顔いっぱいに浮かべ、帰っていった——戦後《せんご》の悲しい思い出の一つである。

遠い日

せは《(わ)》しなく落ちる雪の雫《しずく》を私は忘れない、
町の屋根につもる雪は深く
野山の雪は溶《と》けるけはひ《(い)》もなく輝くばかり
青い空は温かく明るい。
ああその日の町の屋根屋根から
せはしなく落ちる雪の雫を私は忘れない。

私は小さい掌《て》に
もらった蜜柑《みかん》を載《の》せてゐ《(い)》る、
北国の貧しい家に生れた私に

一つの蜜柑は何といふ(う)喜びと尊さであったらう(ろ)、
蜜柑は肌のごとき気《き》孔《こう》からよき香を放ち
眩《まぶ》しく心の底まで浸《し》み込む。

冬の灰空の低い北の町にも
珍《めず》らしいほどの明るさが稀《まれ》にはあるものだ、
青空は恵み深い母の胸のやう(よ)に
雪と樹林と家との粗《あら》い銀がかった織模《おりも》様《よう》の地を温《あたた》めてゐる(い)。

小さい掌《て》にのせた蜜柑は日に匂ひ(い)
雪は溶《と》けきれぬ喜びに鼓動《こどう》しながら歌ひ連れながら
屋根屋根から豊かにせはしなく輝き落ちてゐた。

白鳥　省吾（しらとり　しょうご）一八九〇～一九七三
「野茨の道」より。詩集「大地の愛」「楽園の途上」他

＊

〔編者の言葉〕　芥川龍之介《あくたがわりゅうのすけ》の作品に『蜜柑《みかん》』という短編がある。その作品をはじめて読んだのは小学校六年生のころだったろうか。作品の終わりのほうに、これから奉公先《ほうこうさき》におもむくらしい娘が、走る汽車の窓から、踏切《ふみきり》の柵《さく》のむこうに立って手をふっている三人の男の子に蜜柑をばらまく情景がでてくる。これを読んで、わたしは自分の上に蜜柑が降ってきたかのような衝撃《しょうげき》をおぼえたのだった。

　戦後《せんご》になって、わたしははじめて湘南地方《しょうなんちほう》を列車でとおり、窓辺《まどべ》すれすれに蜜柑がなっている風景を見た。少年のころ読んだあの作品を思い出し、わたしは興奮《こうふん》した。むかいの席で眠っていた友人の膝《ひざ》をゆすって「蜜柑があんな近くに」と言うと、こんな風景は見なれているらしい彼《かれ》は「このへんは蜜柑の産地なんだ」と言ってまた目をつぶった。「むかし読んだ芥川の作品にね……」あの時の感動を語りかけたが、かれは二度と目をあけてはくれなかった。

鶴《つる》

あれが鶴《つる》だったのか
今になって思えばはっきりと言える

私は失望していたのだ
日毎《ごと》の餌《え》にことかかない檻《おり》のなかで
優雅《ゆうが》な姿を見せていた鶴のことを

私は随分《ずいぶん》長い間
思い違いもしていたのだ
豊かな陽光のもとに

あたかもそれが吉祥《きっしょう》のしるしなのだと信じられて
舞いあがり舞いおりしている鶴のことを

だがそのいずれの時も鶴は
それらの認識のはるかな外を
羽もたわわに折れそうになりながら飛んでいたのだ
降りることもふりむくことも
引返すこともならない永劫《えいごう》に荒れる吹雪《ふぶき》のなかを

あの胸をうつ鶴の声は
そこから聞こえていたのだ

村上　昭夫（むらかみ　あきお）一九二七〜一九六八
「村上昭夫詩集」より。詩集「村上昭夫詩集・動物哀歌」

＊

〔編者の言葉〕　田中光常《たなかこうじょう》氏。カメラマン。野生動物を撮《と》り続けて二十年。一九二四年生まれというから、わたしと同じ年齢《ねんれい》である。だが、わたしははじめて氏の作品に接したとき、わたしよりずっと若い人だと思った。氏の作品には、被写体《ひしゃたい》を、その持つ生命力ぐるみとらえるためには、どんな危険も辞《じ》さない勇気と、その勇気をささえる肉体的弾性《だんせい》と鋭敏《えいびん》さがあり、それをわたしは〈若さ〉と直感したのだった。

氏の最近の仕事〝世界の野生動物〟全十八巻を手にとってみるといい。どの巻のどのページにも〈田中光常の世界〉がすばらしい迫力と深みで展開《てんかい》されている。たとえば第五巻『原野にまうタンチョウ』。紙の背後《はいご》から、まさに原野にまうタンチョウの羽音《はおと》、息づかい、鳴き声が聞こえてくるのだ。

わたしは、自分の直感の浅さを恥《は》じるとともに、わたしと同年齢《どうねんれい》の作家がこんなすばらしい仕事をしつづけていることに深い喜びを感じるのだ。

ねずみ

ねずみを苦しめてごらん
そのために世界の半分は苦しむ
ねずみに血を吐《は》かしてごらん
そのために世界の半分は血を吐く

そのようにして
一切《いっさい》のいきものをいじめてごらん
そのために
世界はふたつにさける

ふたつにさける世界のために
私はせめて億年のちの人々に向って話そう
ねずみは苦しむものだと
ねずみは血をはくものなのだと

一匹のねずみが愛されない限り
世界の半分は
愛されないのだと

村上　昭夫（むらかみ　あきお）一九二七〜一九六八
「村上昭夫詩集」より。詩集「村上昭夫詩集・動物哀歌」

＊

〔編者の言葉〕　ネバ河のデルタ地帯《ちたい》につくられたソ※ビエト連邦《れんぽう》第二の都レニングラード。アンドレ・ジイドが「これほど石と金属《きんぞく》と水の調和《ちょうわ》した美しい町を私は知らない」とたたえた美しい町である。だが、この美しい町は、第二次世界大戦のおり、ドイツ軍の攻撃《こうげき》を受けて最も苦しんだ町でもあった。ドイツ軍はこの町に十五万発の砲弾《ほうだん》をうちこみ、十万発以上の爆弾《ばくだん》を投下したという。攻防戦《こうぼうせん》は九百日にもおよび、その間六十万を超《こ》える戦死者を出したが、レニングラードはナチズムの侵略《しんりゃく》に屈《くつ》しなかった。

この戦いの苛烈《かれつ》さを物語る記録、記念品がピスカリョフ墓地《ぼち》に建てられた廟《びょう》におさめられている。そのおびただしい数の陳列品《ちんれつひん》のなかに、ターニャ・サーヴィチェバという少女が書きのこした小さな手帳がある。なかには戦いのなかで死んでいった家族の名が簡潔《かんけつ》なことばで刻《きざ》まれている。

〈ジェーニャが死んだ。一九四一年十二月二八日、十二時三〇分〉

〈おばあさんが死んだ。一九四二年一月二五日、午後三時〉

〈リョーカが死んだ。一九四二年三月十七日、午

前五時〉

簡潔《かんけつ》なことばであるだけに、かえって悲しみと怒りが伝わってくる。

〈ワーシャおじさんが死んだ。一九四二年四月十三日、深夜二時〉

〈リョーシャおじさんが死んだ。一九四二年五月十日、午後四時〉

〈ママ、一九四二年五月十三日、午前七時三〇分〉

なぜ、ママのところだけは〝死んだ〟がないのか。

〈サーヴィチェフの家の者は、みんな死んでしまった〉

〈みんな死んでしまった〉

そして最後には、

〈のこっているのは、ターニャだけ〉

と書き刻まれ、あとは空白になっているのである。

戦争というのは何であり、平和というのは何であるか。わたしはこの手帳の前に立つたびに、考えこむのである。
※ソビエト連邦は現在ロシア、レニングラードは現在サンクトペテルブルク。

帰還《きかん》

おれは帰ってきた
いつも最後は
枯葉をまとった帰還だ

くじけた決意の帆《ほ》のきれはしが
彼女のなかではためいている
〈美しいと信じているとき
あたしは美よりも美しいのに〉
おれの固い横顔が
旗のように風を切って

いつもおれはひとりだった
思いきり優《やさ》しくなるのが恐ろしいか

いいえ
いつもおれは優しかった
だがただひとりのひとにではなく
エスキモーやベルベル族
あらゆる白人　通りすがりの恋人たちに

いつもおれは優しかった
ものの表皮を流れる光
それがおれのものに向う姿勢だった
つまりおれには姿勢はなかった

漂《ただよ》って　くちびるのように空間を撫《な》でて
漂って

幹《みき》という幹がかき消え
葉がむらがって作っている幻影の森
おれはまた　嵐の夜の避雷針《ひらいしん》だった
おれをすばやく通過して
まっすぐ土にささっていった自然の*Penis*《ペニス》
おれはすべてを通過させた

卑怯《ひきょう》はいつも優しさを紋章《もんしょう》にする
おれにはものが見えなくなった
おれがじっと見つめると

ものの厚さや重さや硬《かた》さが
表面に吸いあげられて
ものは形に変ってしまった

おれにはひとが見えなくなった
あらゆるひとが見えるので
ひとりのひとを見失った
絶望して　とびあがり　とびあがり
空に墜落《ついらく》しようとしたが
おれはいつも浮かんでしまった

眠りこむと
おれはわずかに浮きあがり　部屋を漂《ただよ》い
壁の外ににじみ出る

窓からのぞくと
空気がおれの形をして寝床に寝ている
まさしくおれはシルエットになった

すべてのものが形に還元《かんげん》されたために
おれはもう　ものの重味に犯されて眠ることができなく
なった
おれはしだいに純粋になり
きらきら光る薄い秤《はかり》になってしまった
なかぞらでおれはむなしく釣合っていた
右と左にありあまる空気をのせて

帰還だ　秤にかかる肉体へ　帰還だ

黄ばんだ葉が　すくいあげては
遠い海へ投げかえしている太陽
すべてが重味をはかりあって
すべてが二重だ
おれはおれの笑いをもとう　駆足《かけあし》をもとう
遠くのひとの同じ動作を
おれはおれのものにする

おれは帰ってきた　皺《しわ》のみごとな素裸《すはだ》かの手へ
すばらしい
枯葉をまとった帰還だ

大岡　信（おおおか　まこと）一九三一～
「記憶と現在」より。著書「大岡信著作集」他

＊

〔編者の言葉〕　ミェリク・アザリャーン・アリク。三十四歳《さい》。モスクワにある工科大学を出たインテリゲンチャで、日本語通訳《つうやく》としてインツーリスト※（ソ連国営旅行社）に勤《つと》めるわたしの友人である。一九七六年、彼《かれ》の案内でモスクワからキエフ、キエフからヤルタと旅をした。ヤルタについた十二月三十日は彼の奥さんの誕生日《たんじょうび》だったという。かならずお祝いの電報をうつと約束《やくそく》していた彼は、通訳の仕事におわれ、その約束をやぶってしまった。

　翌日《よくじつ》、彼は非常にあわてた。「モスクワにもどったら、妻にしかられます」真剣に言う彼に、わたしは日本人形をとりだし「これで奥さんのごきげんをとりなさい」と言ってわたした。えんりょがちに手を出して受けとった彼は「このお人形、電報十通ぶんの力です」と、喜びの色をかくしきれずに言った。その表情には、日本語のやさしさにひかれて通訳になったという彼自身のやさしさがあふれていた。

※インツーリストは現在、ロシア・CIS諸国(独立国家共同体)専門の旅行会社。

なんでも一番

凄《すご》い！
こいつはまったくたまらない
せっかくきたのに
摩《ま》天楼《てんろう》もみえぬ
なにがなんだか五里霧中
その筈《はず》！
アメリカはなんでも一番
霧もロンドンより深い
嘘《うそ》だと思う？
職業安定所へ

行って
試《ため》してみろ！
紐育《ニューヨーク》では
霧を
シャベルで
運んでいる！

関根　弘（せきね　ひろし）一九二〇～一九九四
「絵の宿題」より。詩集「阿部定」「女の机」他

＊

〔編者の言葉〕　日本がまだアメリカの占領下《せんりょうか》にあったころのことである。東京の街角《まちかど》で、小学校の上級生らしい少年たちが、マッカーサーと天皇のどちらが偉《えら》いかを、顔を紅潮《こうちょう》させながら議論《ぎろん》しあっていた。「マッカーサーさ。ふだん着の軍服《ぐんぷく》で、ずかずか皇居《こうきょ》にはいっていくんだもの」とA少年。「マッカー

サーを皇居《こうきょ》に呼びつけるんだもの、天皇さ」とB少年。少年たちは両派《りょうは》にわかれ、たがいにゆずらない。そのとき、C少年がおもむろに口を開いた。「マッカーサーと天皇の両方立てて、遠くであやつっているトルーマン大統領《だいとうりょう》が一番偉《えら》いのさ。トルーマンは世界中をそんなふうにあやつっているんだもの」

他の少年たちは、このことばに舌をまき、その日からC少年に「秀才《しゅうさい》」の名を献上《けんじょう》した。少年たちは二年ほど前、マッカーサーの命令だ、と言われて、軍国主義時代に使っていた古い教科書の、アメリカから見て好ましくない部分に墨《すみ》をぬらされたことがあった。あれも世界で一番偉いトルーマンの威力《いりょく》だったのかと、あのときの複雑《ふくざつ》な感覚《かんかく》を思いおこした。

時代は移り、C少年は花形の映画監督になる。ところがアメリカはベトナム戦争で大敗北をきっし、映画もこの頃から不況《ふきょう》のどん底《ぞこ》に落ちこんでいく。C氏はいま考えている。「少年の日のぼくにとってアメリカはいったい何だったのだ？」

動物園の珍しい動物

セネガルの動物園に珍しい動物がきた
「人嫌い」と貼札《はりふだ》が出た
背中を見せて
その動物は椅子《いす》にかけていた
じいっと青天井を見てばかりいた
一日中そうしていた
夜になって動物園の客が帰ると
「人嫌い」は内から鍵《かぎ》をはずし
ソッと家へ帰って行った
朝は客の来る前に来て

内から鍵をかけた
「人嫌い」は背中を見せて椅子《いす》にかけ
じいっと青天井を見てばかりいた
一日中そうしていた
昼食は奥さんがミルクとパンを差し入れた
雨の日はコーモリ傘《がさ》をもってきた。

天野　忠（あまの　ただし）一九〇九〜一九九三
「動物園の珍しい動物」より。詩集「天野忠詩集」他

＊

〔編者の言葉〕　関西のある都市にQという人物がいる。年のころ、六十歳前後《さいぜんご》。いわゆる一流校をねらう子どもたちを集めて特訓《とっくん》をほどこす受験屋《じゅけんや》である。
ときおり、テレビや新聞で、その特訓ぶりが紹介されるが、かれの狂気《きょうき》じみたやり方には、身の毛のよだつ思いがすることがある。ちょっと気をそらす

子がいると、すぐに蛮声《ばんせい》をはりあげ、まちがった解答をすると「バカヤロウッ！」と罵声《ばせい》をあびせる。その子が恥《はじ》で心に深い傷をおおうがおうまいが、そんなことはまったくおかまいなし。受験期《じゅけんき》が近づくと仮病《けびょう》をつかって学校を休ませ、仕上げの特訓《とっくん》をする。一流、一流、一流以外に目をむけるな！　鬼《おに》が乗り移ったようなかれの目のなかには、かれ自身における一流願望《がんぼう》の業火《ごうか》が燃えたぎっている。

Qは言う。「いまの学校は民主主義とか教育の機《き》会均等《かいきんとう》の名で、できのよくない子に手をかけすぎていて、才能のある子がおきざりになっている。だから、ワシはそれぞれの能力に応じて道を開いてやっている。これは社会正義の 志《こころざし》 のあらわれだ。」

だが、ほんとうのことを言うと、かれは徹底《てってい》した人嫌《ひとぎら》いではないか、とわたしは思っている。そうでなければ、とてもあんなふうに、人間を一流とか三流、あるいはくずと、まるで機械の部分品のように仕分ける作業に情熱《じょうねつ》を燃やせるはずがない。

伝説

湖から
蟹《かに》が這《は》いあがってくると
わたくしたちはそれを縄《なわ》にくくりつけ
山をこえて
市場の
石ころだらけの道に立つ
蟹を食うひともあるのだ
縄につるされ

毛の生えた十本の脚《あし》で
空を掻《か》きむしりながら
蟹は銭《ぜに》になり
わたくしたちはひとにぎりの米と塩を買い
山をこえて
湖のほとりにかえる

ここは
草も枯れ
風はつめたく
わたくしたちの小屋は灯をともさぬ
くらやみのなかでわたくしたちは
わたくしたちのちちははの思い出を

くりかえし
くりかえし
わたくしたちのこどもにつたえる
わたくしたちのちちはは
わたくしたちのように
この湖の蟹をとらえ
あの山をこえ
ひとにぎりの米と塩をもちかえり
わたくしたちのために
熱いお粥《かゆ》をたいてくれたのだった

わたくしたちはやがてまた
わたくしたちのちちはのように
痩《や》せほそったちいさなからだを

かるく
かるく
湖にすてにゆくだろう
そしてわたくしたちのぬけがらを
蟹はあとかたもなく食いつくすだろう
むかし
わたくしたちのちちははのぬけがらを
あとかたもなく食いつくしたように

それはわたくしたちのねがいである

こどもたちが寝いると
わたくしたちは小屋をぬけだし
湖に舟をうかべる

湖の上はうすらあかるく
わたくしたちはふるえながら
やさしく
くるしく
むつびあう

会田綱雄（あいだ　つなお）一九一四～一九九〇
「鹹湖」より。詩集「狂言」「汝」「遺言」他

＊

〔編者の言葉〕「せっかく輪島《わじま》においでたのだから、朝市《あさいち》はごらんになったほうがいい」宿の女主人にすすめられ、雨の町へ出た。

「お客さん、魚どうかね、安くするで」という声にふりむくと、魚貝類《ぎょかいるい》を戸板の上いっぱいにならべた女がこっちをむいていた。旅のとちゅうなので生魚を買うつもりもなかったが、潮風にきたえられた顔のなかの笑《え》みにひかれて、わたしはとってかえした。

「おいしそうだね。ところでこの魚、どこから持ってくるの？」

　買いもせずにそんなことを聞くのは申しわけないと思ったが、彼女の笑《え》みにひかれ、たずねてみた。

「父《とう》ちゃんが海へ出てとってきたのを、まず市場へ出し、残ったのをこうして朝市へ持ってくるんだ」という。「お子さんは？」よけいなことだが、聞いてみたくなった。

「息子《むすこ》と娘《むすめ》がいるけど、どっちも海の仕事がいやだといって、町へ働きにいっている」と、くったくのない口調《くちょう》でそう答え、わたしを相手にしゃべりながらも、ときおり前をとおる客に「いきのいい魚だ。どう、お客さん」と声をかけていた。

「すると、おばさん一代で、この仕事は終わりというわけか」と聞くと「いやあ、せがれも娘も、いつか町の暮らしに疲《つか》れて、きっともどってくる」と言った。淡々《たんたん》とした語調《ごちょう》だったが、海の仕事には、限りない未来があると信じている生活者の姿《すがた》がそこにはあり、その気迫《きはく》にわたしはうたれたのだった。

解説

遠藤豊吉

ひろがることを　しらずに／一点にもえる　かなしみ／あおく　しろく
そして透明《とうめい》に／ひろがることを　みずから拒絶《きょぜつ》して／一点にもえ／もえつづける　かなしみ／おごりをやめ　たかぶりをころし／ひそかに　一点に／しかし／それによって／にんげんであることを　感じ／にんげんであることに　耐《た》える／わたし

第一巻にもふれたように、この詩の作者は、わたしが十数年前、東京・杉並のある中学校に勤めていたとき教えたY・Kという女の子である。脊髄《せきずい》カリエスを病《や》んでいた彼女は、中学校を卒業するとき、すでに二十歳《さい》近かった。彼女は中学校卒業後、都内のある私立高校にすすんだが、病気の悪化《あっか》のため、四年たってもそこを卒業できなかった。しかし、彼女は好きな読書と詩作だけはやめなかった。そして、ときおり、電話で作品をわたしのところに送ってくれるのだった。いまかかげた詩は、そんな形でとどけられた、Y・Kの絶筆《ぜっぴつ》となったものである。彼女《かのじょ》はこの詩を電話で聞かせてくれたあと「お会いしたいのです。お会いして聞きたいことがあるのです」と、何か思いつめた口調《くちょう》で言った。

「ひまをみつけて、かならず会いに行くよ」そう言って電話を切ったわたしだったが、会うひまをみつけることができないでいた一週間後、彼女の死を知らされた。深い悔《く》いが残った。いや、悔いなどということばでは表現しつくせぬ自分へのうらみが、傷《きず》となってわたしの内部に深く残った。そして、わたしの目の前でみごとに生き、たしかな手ごたえを感じさせるそのかかわりのなかで死んだ彼女の一生は、わたしにいまも生きる意味を問いつづけているのである。

一九四五年八月十五日。日本の敗戦《はいせん》によって、わたしはすべてが死にむけて整備《せいび》されていた環境《かんきょう》から、突然《とつぜん》解放された。祖国《そこく》のための死を最高の美徳《びとく》と教えられ、その実践《じっせん》を強制《きょうせい》されていた特攻隊員《とっこうたいいん》のわたしにとって「もうその必要がない」という命令は、天と地が逆転《ぎゃくてん》したような衝撃《しょうげき》だった。

その衝撃が、わたしにとってどんな意味を持つのか。わたしの〈戦後〉はその意味の解明《かいめい》へ向けてはじまるのである。さまざまな人と出会い、さまざまな人の生と死を見つめて、わたしの〈戦後〉は三十余年をすぎた。たとえばY・Kとの出合い。彼女における生と死へのかかわり。しかし、わたしはまだまだあのとき受けた衝撃の意味を解明しきる地点へたどりついてはいない。

この巻に編《あ》んだ十五編の詩が、わたしに、わたしが重い模索《もさく》のはてにたどりつかねばならぬ地点を照らし出してくれる光源《こうげん》の一つ一つになってくれていることを、ひそかに確信《かくしん》し、その確信の手ごたえをあなたたちにも共有してほしい、と願ってこの一巻をとどける。

●編著者略歴

遠藤《えんどう》　豊吉《とよきち》

1924年福島県に生まれる。福島師範学校卒業。1944年いわゆる学徒動員により太平洋戦争に従軍，戦争末期特別攻撃隊員としての生活をおくる。敗戦によって復員。以後教師生活をつづける。新日本文学会会員，日本作文の会会員，雑誌『ひと』編集委員。1997年逝去。

新版 日本の詩・3　いきる　NDC911　63p　20cm

2016年11月7日　新版第1刷発行

編著者　遠藤　豊吉

発行者　小峰　紀雄

発行所　株式会社 小峰書店

〒162-0066 東京都新宿区市谷台町4-15

電話 03-3357-3521(代)

FAX 03-3357-1027

http://www.komineshoten.co.jp/

印　刷　株式会社三　秀　舎

組　版　株式会社タイプアンドたいぽ

製　本　小高製本工業株式会社

ISBN978-4-338-30703-1

本書は、1978年3月25日に発行された『日本の詩・3　いきる』を増補改訂したものです。